L'aveugle du pont de Brooklyn

Du même auteur

Chez le même éditeur
Que du bonheur ! 2018.
On a la vie qu'on se fait, 2017.

De très nombreux ouvrages chez d'autres éditeurs et en auto-édition.

Pat Thiébaut

L'aveugle du pont de Brooklyn

récit

Collection
Sentinelles

LE VERGER ÉDITEUR

La genèse de l'histoire

Il y a plus de trente ans aujourd'hui que pour la première fois j'ai entendu la voix calme et enveloppante de Jean-Michel raconter l'histoire de l'aveugle du pont de Brooklyn. C'était une nuit de nouvel an sur une petite route de Lorraine battue par une pluie incessante. La Zastava à bout de course progressait difficilement. Rythme poussif des balais d'essuie-glace rafistolés sur un pare-brise ébréché. La fine fleur de la technologie de ce qui était encore le bloc soviétique s'avérant incapable de contenir la furie de la dernière averse de la décade.

Cela fait plus de trente ans qu'à mon tour je la transmets ou plutôt que je l'offre en partage à chaque fois que l'occasion s'y prête. C'est une histoire de dessinateur. Mais ce n'est pas une histoire belge bien que ce soit un dessinateur belge, alors, qui l'ait racontée cette nuit-là aux quatre amis que nous étions.

Je tenais à le préciser car je vous ai vu venir. En un temps ridiculement court vous avez déjà pensé à une équation peu reluisante : dessin plus histoire sur la Belgique égale blague éculée, mille fois assénée à la dérive d'une fin de repas familial bien arrosé.

Hélas vous êtes dans le faux sur toute la ligne. Ce n'est pas de rire gras ou de contraction abdominale forcée qu'il est question ici. C'est d'émotion intense. De picotement indicible qui vient lentement de derrière la gorge remonter le long de la nuque pour se glisser, furtif, jusqu'aux globes oculaires.

Les stimuler à l'improviste pendant qu'une déglutition incontrôlable et salvatrice vient vous éviter de perdre la face devant votre auditoire et vous confondre à la vue de cette larme. Oui cette petite larme, là, perlant le long de votre joue, traîtresse révélatrice d'une sensibilité insoupçonnée.

Je ne raconte pas l'histoire de l'aveugle du pont de Brooklyn aussi bien que Jean-Michel. C'est pour cela que mon auditoire, souvent dans un contexte professionnel et presque toujours limité à deux ou trois personnes, se laisse rarement aller jusqu'à l'épanchement lacrymal ainsi que nous le fîmes tous les quatre cette nuit de la Saint-Sylvestre mille neuf cent soixante-dix-neuf dans l'habitacle silencieux seulement perturbé par le martèlement incessant de la pluie lorraine sur la carrosserie yougoslave. La pluie. La pluie incessante essayant de couvrir la voix chaude au phrasé si caractéristique de Jean-Michel.

Peut-être faudrait-il aller retrouver l'enregistrement que l'Institut National de l'Audiovisuel doit certainement avoir précieusement archivé ? C'était une émission du service public radiophonique en un temps où les termes de service et de public avaient encore un sens. Je n'en ai jamais éprouvé le besoin tant j'ai toujours eu envie de privilégier le souvenir très subjectif que j'avais de cet instant d'une qualité si unique dans les méandres de ma mémoire. Je voulais faire cet effort si décrié aujourd'hui qu'est *« se souvenir »*. *« Se confier à l'oubli, à ce risque qu'est l'oubli absolu et à ce beau hasard que devient le souvenir »*. Les guillemets s'imposaient en hommage autant qu'en marque de remerciement à Maurice Blanchot. Pourquoi chercher les mots justes quand d'autres avant vous l'ont fait avec un talent inégalé sans pour autant vous en interdire la divulgation ?

Nous sommes dans la dernière nuit des années soixante-dix et Jean-Michel est là accompagné de quelques autres personnes dont je ne me rappelle ni les noms ni les titres sauf peut-être pour l'une d'entre elles, riche d'une particule, à l'engagement intellectuel très nettement revendiqué à droite. Le but avoué de ce petit comité est un échange à bâtons rompus sur un ton indubitablement trêve des confiseurs à propos de cette décennie que nous sommes sur le point de quitter pour une autre flambant neuve riche de tant de promesses.

Petits entretiens entre amis médiatisés façon bilan et perspectives. Regrets, appréhensions, peurs et enthousiasmes confondus formant le lot commun de tout genre d'émission radiophonique fatalement programmable à l'aube d'une nouvelle décennie.

Les échanges vont bon train entre politesse poussive et poncifs courtois depuis un bon moment quand Jean-Michel, assez discret depuis le début de l'émission, prend délicatement la parole. Pour parler de son métier, de ce qu'il considère comme ses devoirs, ses engagements, sa vie ; pour parler de lui. Soudain il semble à la peine. Presque à court d'arguments dans cette tentative de faire connaître sa vision d'artiste, face à cet échantillon de rhéteurs estampillés hyper intelligents qui lui assènent avec tant de certitude et de suffisance mêlées ce dont sera fait son lendemain. Lui qui, comme bon nombre d'entre nous, a beaucoup rêvé ces dix dernières années. Lui qui redoute cette intuition vague que des petits matins blêmes risquent fort de remplacer le grand soir que notre inconscient collectif attendait avec tant de ferveur naïve.

Face à cet auditoire tout poli de condescendance bien jacobine, Jean-Michel le dessinateur se penche vers la besace que tout nomade faisant commerce de fabrique d'images bricolées trimballe toujours en vadrouille. Il fouille dans son fatras de douceur myope, de gentillesse aérienne bleue et de beauté en quadrichromie. Puis dans un geste d'une simplicité inouïe il en extrait sa plus belle perle ; une histoire. Une histoire comme seuls les grands artistes en possèdent, ceux dans l'âme desquels le thérapeute et le pédagogue rôdent toujours en embuscade prêts à bluffer à mort leur auditoire ; l'histoire de l'aveugle du pont de Brooklyn.

Là, au cœur de la dernière nuit de l'année, il nous livre notre cahier des charges d'apprentis artistes. Notre charte d'engagement. Nos lettres de noblesse de poètes en devenir.

C'est de cette nuit-là que m'est venue l'envie d'une existence passée à dessiner. Une vie faite de crayons et de papiers. Une vie sans collier de chien. Une vie sans calculer.

Il n'y aurait pas de retraite autre que celle qui sonne dans les mauvais westerns, et on serait toujours du côté de l'Indien rebelle. Merde, la garde meurt mais ne se rend pas, non ? Mais avant d'aller plus loin dans mon histoire, il me faut attirer davantage la lumière sur Jean-Michel.

Jean-Michel

Oui, à la suite de la genèse de l'histoire, il me faut parler du gardien de l'histoire. Jean-Michel Folon. Sa vie, je n'en sais pratiquement rien, son œuvre ce que j'en connais. Je n'entretiens pas de rapport particulièrement fétichiste avec une personne quand je lui voue une certaine admiration.

C'est au moment où les murs de la chambre se couvrent peu à peu d'une multitude de reproductions que l'on sort vraiment de l'enfance. Le spectre illustrant les intérêts fantasmés est assez vaste. Il va, en gros, de l'équidé au sportif à demi déifié. En passant par la blonde peroxydée dont les tenues plus ou moins provocantes peuvent attester de l'âge de l'adolescent autant que de la tolérance parentale. Alors il est temps de passer aux choses sérieuses. Sortir de la chambre.

Je n'avais que peu d'intérêt pour Jean-Michel alors que sa visibilité allait grandissante dans le paysage éditorial de ces années-là. Je parle de la décennie 1970. Il y avait, du temps de mon adolescence dans la capitale culturelle des ducs de Lorraine, un lieu unique. Un endroit ouvert à cette époque aux heures des repas, tard le soir, et surtout les dimanches. Lieu de passage obligatoire aux intercours et entre deux séances de cinéma : une librairie. Pas simplement un endroit où se trouvaient empilés des livres. Une grande librairie, avec de vrais libraires.

C'est là que j'y ai fait la découverte de Jean-Michel. À l'étage supérieur de cette librairie, au rayon beaux-arts, travaillait un libraire de quelques années mon aîné avec lequel j'échangeais régulièrement sur le dessin et la littérature. Lors de l'une de mes visites il m'avait mis entre les mains un ouvrage au titre assez intrigant : *Vue imprenable.*

Bien des années plus tard, ce libraire et moi devions nous rencontrer dans une librairie strasbourgeoise et nous reconnaître sur le champ. À sa joie manifeste autant que sincère d'apprendre que je faisais ma vie dans les livres et le dessin avait succédé la proposition commune de prendre le temps d'aller partager un café dans un de ces salons de thé si réputés de la capitale alsacienne fréquentés par les amoureux du livre.

Là, l'ancien libraire devenu cadre commercial chargé de la diffusion pour une grande maison d'édition parisienne, se remémorant nos échanges riches et fréquents qui rythmaient ses trop longues journées, devait me confesser les soupçons honteux qu'il avait certaines fois nourris à mon égard de subtiliser certains ouvrages en librairie, sans pouvoir le garantir avec une certitude absolue. Cet aveu tardif me forçait à lui avouer que ses soupçons étaient fondés. J'étais bien à cette époque un voleur de livres. Mais mon rôle alors était de focaliser son attention au moyen d'une conversation passionnée pendant qu'un complice anonyme subtilisait discrètement les volumes que nous nous partagions ensuite.

Un grand éclat de rire commun avait conclu l'anecdote et j'en fus quitte pour l'addition.

Vue imprenable en vertu de son format de livre d'art avec reproductions de qualité s'avérait très difficile à délocaliser, d'autant plus que j'étais une des rares personnes à venir systématiquement le consulter. C'eût été un aveu de le subtiliser. L'ami libraire se souvenait parfaitement de *Vue imprenable*. Depuis cette époque j'ai revu en de fréquentes occasions l'ami libraire devenu représentant mais je n'ai jamais remis la main sur *Vue imprenable* dans quelque librairie que ce soit.

Dans mon souvenir c'était un ouvrage imposant, à la française, ou un faux carré, aux éditions du Chêne, je crois. C'était un livre totalement dédié à l'œuvre gravé, sculpté et dessiné de Jean-Michel Folon ainsi qu'au lieu où il vivait et accomplissait au quotidien cet œuvre.

On y apprenait que le lieu avait attiré son attention suite à la lecture d'une petite annonce parue dans la rubrique immobilière d'un grand quotidien français qui présentait la propriété en la qualifiant de *Vue imprenable*. Jean-Michel, artiste ces années-là en pleine maturité, preuve vivante, comme l'écrivait Victor Hugo, que le succès est bien le Ménechme du talent, n'avait eu aucune difficulté financière à l'acquérir. Tout le long de cet ouvrage magnifiquement imprimé, mis en page et illustré Jean-Michel expliquait son quotidien. Son travail, ses manières de voir, ses centres d'intérêts, ses passions ; sa vie. De la rencontre avec cet ouvrage va naître en moi mon intérêt pour Jean-Michel, je vais faire un peu plus cas de sa présence, il va petit à petit s'installer dans mon paysage référentiel. Je vais le voir fleurir sur les tourniquets de cartes postales, sur les affiches et dans des revues. Un peu partout. Souvent. Je vais le traquer au rayon presse internationale pour mieux voir ce qu'il commet dans les pages de grands magazines ou sur la couverture de cette si fameuse revue new-yorkaise où tout ce qui compte dans la vie culturelle américaine se doit un jour d'avoir été publié. Je vais le déterrer dans de vieux numéros d'hebdomadaires féminins de la décennie précédente en lecture sur place à la bibliothèque municipale. Voir avec étonnement que son dessin, déjà, et sa manière d'être étaient tels des pactes sans compromis face à la vie et à son travail. Une vision de son monde unique offerte avec générosité et avec laquelle la possibilité était donnée d'être ou non en affinité.

Puis la décennie va se mettre à avancer à un rythme un peu plus soutenu avec des études secondaires pas franchement d'un intérêt lumineux qui m'offriront cependant suffisamment de villégiature cérébrale pour de temps en temps me ramener à *Vue imprenable.* En recoupant des informations glanées çà et là au hasard de mes lectures ou de mes échanges je vais me découvrir, avec une surprise mêlée d'un certain contentement, quelques passions communes avec Jean-Michel. La même admiration pour certaines images et personnes. Le goût des enveloppes illustrées qui commencent à circuler sous les regards admiratifs des préposés de la Poste. Douglas Fairbanks, le pirate farceur muet, mais aussi *Alice*, celle de Lewis Caroll bien-sûr.

Si je me fantasmais alors un avenir lié aux images et aux mots j'avouais une nette inclination pour le cinéma. À l'instar de milliers de jeunes gens de cette époque j'étais confronté à une offre pléthorique d'œuvres de qualités remarquables qui nous faisaient tant rêver en Technicolor. Pourtant une forme de vérité encore floue semait ses petits repères lumineux dans le brouillard qu'est l'esprit de tout adolescent, et Jean-Michel en était la preuve vivante et œuvrante. Il était possible de vivre sa vie sans compromis sur sa manière de voir et d'être. Cela était concevable, envisageable, rendu possible. Oui c'était vraiment le temps des possibles.

C'est à cette époque que, réfléchissant de manière encore balbutiante à tout ce que pouvait bien signifier ce modèle un peu déstabilisant dans la tête d'un adolescent issu d'un milieu ouvrier, j'allais traîner mon sac, pas encore de voyage, plus tout à fait d'école, chez ma grand-mère. On y dînait fort tard face à l'inévitable poste de télévision en couleurs tout récemment acquis. Nouveau veau d'or trônant fièrement au beau milieu d'une pièce de vie commune depuis peu rebaptisée salon. Quelques accords de piano plaqués façon bastringue que l'on aurait dit filtrés à travers le bocal du poisson rouge attirèrent mon attention depuis la cuisine attenante où j'étais occupé à finir la vaisselle du dîner.

Ennio

Il y a quelques accords de piano plaqués façon bastringue que l'on dirait filtrés à travers le bocal d'un poisson rouge. Ils viennent mourir sur les murs du salon en une petite ritournelle à la ligne mélodique stridulant en boucle bientôt impossible à se sortir de la tête. Des hommes vêtus de grands manteaux bleus arpentent de manière un peu pataude et saccadée une terre qui se confond avec un ciel orange. Certains volent lourdement en ouvrant ou portant des livres. Tout cela est terriblement aérien, d'une douceur inattendue, presque acidulée.

C'est sur une chaîne de télévision du service public. À cette époque il n'y a que le service public. C'est le nouveau générique d'une émission littéraire. Les images animées sont de Jean-Michel et la musique qui leur sert de support semble vraiment sortir du bocal d'un poisson rouge. Elle est d'Ennio Morricone.

« Quand on entre dans un film la musique frappe à la porte, elle doit préparer le spectateur et sortir sans faire claquer la porte, sur la pointe des pieds. » C'est Ennio qui l'a dit pour parler de son travail de compositeur de musiques de films. Le moins que l'on puisse dire, c'est qu'il ne manque pas d'une certaine dose d'humour. Car si il y en a un dont les ritournelles nous saucissonnent les deux oreilles à nous en saturer le disque dur depuis un sacré paquet d'années, c'est bien lui. Oui mais c'est si joliment fait, si agréablement illustratif. Parfaitement décoratif sans être surchargé. Italien quoi. N'allez pas croire que je me moque. Je sais de quoi il en retourne. Je suis le petit-fils de Magdalena Balegno, née à Borgomanero, Piémont.

Pour nous, adolescents autant qu'adultes de ces années-là qui consommons la musique essentiellement sous forme de galettes de vinyle à deux faces tournant au rythme de quarante-cinq ou trente-trois rotations par minute, Ennio n'est pas un inconnu. Dans chaque foyer une ou deux de ses œuvres figurent dans la pile attenante au tout dernier modèle haute-fidélité du salon familial. En compagnie des inévitables classiques et des incontournables variétés, attestant des goûts cinématographiques de certains des occupants de la maison. Car l'essentiel de l'activité créatrice d'Ennio dans sa péninsule italienne est de produire des trames musicales comme supports sonores pour œuvres cinématographiques. Sacrée cuisine. Beaucoup de clients. Demande pléthorique, offre illimitée. Carte sans cesse renouvelée.

Les indicateurs économiques sont au beau fixe. La séance de cinéma, permanente à cette époque, est encore le divertissement de masse par excellence en constant besoin de renouvellement. Ingrédients et recettes garants de succès très profitables. Justement, depuis quelques années, un dénommé Sergio Leone et son embonpoint plus que généreux ont un peu perturbé la cuisine traditionnelle du genre américain par excellence qu'est le western. L'idée était de dépoussiérer la carte un peu tristounette et surannée avec en plat principal la spécialité locale la plus entortillante qui soit de l'autre côté des Alpes : le spaghetti.

Le moins que l'on puisse avouer c'est que la nouvelle carte a beaucoup plu. Du moins de ce côté-ci de l'Atlantique. À peine le temps pour l'assiette de repartir vide en cuisine que les spectateurs affamés criaient dans la salle pour du rab. Succès critique mitigé, sur le moment, mais engouement public massif. Tous les Italiens vous le diront, ce qui fait la différence dans le spaghetti, c'est la sauce. Aussi, dans la méga cantine de Cinecitta, là-bas, dans les faubourgs de Rome, quand Sergio est aux fourneaux, c'est Ennio qui prépare les sauces. Il balance ça à un public halluciné qui en redemande sans même s'apercevoir que plus ça change, plus c'est la même sauce. Les élites dédaignent, pour l'instant, la masse, elle, adore.

Fameuse équipe que celle-là dans son domaine de prédilection. Il nous a fallu attendre un bon bout de temps avant de nous laisser tenter par une autre cantine que la leur. Aussi quand Clint Eastwood a ouvert son bouclard du côté de Malpaso, là-haut, dans les collines du nord de la Californie, certains d'entre nous se sont souvenus qu'il avait fait ses armes avec le maître. La tentation était grande d'aller tâter un peu de cette carte, juste pour voir. Et bien c'était loin d'être décevant. Juste à point. Les professionnels vous le confirmeront ; le cinéma est en cela pareil au restaurant qu'il obéit à la loi d'airain des trois A : Accueil, Assiette et Addition. C'est le public qui fait office d'agence de notation dans l'attribution de ce triple A. Pour celui-là, c'est un sans-faute qui va durer plus de trente ans mais ça on ne le sait pas encore. Très tôt il dira sa gratitude à Sergio. Bien des années plus tard il ira même jusqu'à lui dédier une de ses plus belles œuvres. Alors là, conquis, muets, sous le charme. Vous savez, c'est un petit fils d'Italienne qui vous l'assure : de ce côté-ci des Alpes et dans certains coins de Lorraine où les sous-titres en français des films italiens se font siffler, l'hommage à l'aîné provoque toujours le respect total, sur-le-champ.

Les élites vont commencer à moins dédaigner, la masse, elle, n'adore plus, elle adule.

Mais retournons à Ennio. Il faut quand même lui concéder qu'il ne sert pas toujours la sauce à de grandes toques. Quelquefois la magie n'est pas au rendez-vous. Le soufflé retombe, la cuisson laisse à désirer et le service est un peu limite. C'est le cas avec un petit bout de pellicule de rien du tout d'un copain à lui, vite fait à la fin des années soixante. *À l'aube du cinquième jour* en est le titre. Personne ne se rappelle réellement si c'était un policier, un western ou un *péplum*, lequel serait tombé dans l'oubli le plus profond si un producteur de l'ancien Office de Radio-Télédiffusion Française n'avait compté parmi ses quelques rares spectateurs lors de sa sortie sur les écrans parisiens.

Il n'a pas dû beaucoup s'étendre sur la qualité cinématographique du film mais la petite ritournelle musicale de la bande sonore a dû lui faire un certain effet. Quelque temps après il se permet d'appeler Ennio et de lui négocier les droits pour utiliser cette musique. Une paille ; l'illustration sonore du générique d'une future émission littéraire sur une chaîne du service public français. Là, dans le salon de ma grand-mère, le torchon sur l'épaule et une assiette à moitié essuyée, je vois le produit fini.

Je suis à l'arrêt, happé par l'écran. Je regarde pour la première fois le générique d'*Italiques*.

Dans mon souvenir c'était un vendredi soir. Aussi vais-je m'efforcer vers cette époque d'aller régulièrement voir ma grand-mère rien que pour ces quelques petites minutes d'animation et de musique confondues en chef d'œuvre. Je ne sais pas combien d'années il sera cité en référence. Il me reste une image. Celle de Roland Topor, cet autre grand dessinateur venu nous rencontrer à l'école des Beaux-Arts. Le voir et l'entendre s'extasier sur la qualité du générique de l'émission à laquelle il avait été invité auparavant. Image de joie communicative ponctuée de son fameux rire face à ce petit morceau d'animation. Un spectacle en applaudissant un autre.

Hommage appuyé et respectueux venant de la part de l'artiste qui avait dessiné le fameux générique du film de Fernando Arrabal tant décrié lors de sa sortie. Il est assez incroyable qu'à l'heure de la dictature tous azimuts de l'outil informatique doté d'une puissance chaque jour plus phénoménale, ces quelques images animées à l'ancienne puissent toujours être citées comme l'exemple type d'une harmonie parfaite entre image et composition musicale. Pourtant cette fameuse bande sonore n'avait rien donné, ou presque, lors de la sortie du film pour lequel elle avait été originellement composée. Aussi j'ai très envie de me risquer à affirmer que ce sont les images de Jean-Michel qui ont fabriqué le ciment miraculeux.

L'explication est pour moi limpide. Si la sauce a pris à ce point c'est que ces images sont visionnaires et généreuses. Habitées du regard sur la vie d'un homme simple à l'œuvre authentique dont les seules préoccupations semblent être le beau, le vrai et le bien. Un homme à l'âme totalement détachée de la cohorte des compromis attenants aux cahiers des charges de ceux qui, dans ce milieu plus particulièrement maniaco-dépressif, maîtrisent jusqu'au ridicule et à l'absurde la production du travail des autres. Ceux-là mêmes qui veulent sempiternellement avoir raison. Bien à l'abri sous leurs multitudes de parapluies déployés face à une hiérarchie uniquement préoccupée de séduire les audiences les plus larges possible. Pour le plus grand bonheur des actionnaires. La dictature de l'audimat. Déjà.

Chaque vendredi soir, sur les accords déglingués d'Ennio, les images de Jean-Michel vont être le dernier feu réconfortant de ce que nous appelions encore nos foyers. Alors que les empêcheurs de rêver et dessiner en rond estampillés apprentis maîtres d'école œuvraient à nous remplir le vase, un petit dessinateur belge n'avait d'autre ambition que nous apprendre à allumer un feu. Là, sur l'écran Secam, palais de frime aux innombrables rêves colorés irrémédiablement étouffés par la farce quotidienne du bon goût et des conventions graphiques, la vision de Jean-Michel a surgi. Prête à embraser nos palettes et nos regards dans un feu aux accents carrolliens. Flammes vives nous ramenant chaque vendredi soir vers les souvenirs de notre enfance et les heureuses journées de l'été.

Ce feu a des reflets crépusculaires annonciateurs de jours plus sombres. Qu'il se soit maintenu si longtemps avant d'être chassé de l'écran maudit en passe de devenir le lieu de toutes les perversions et de tous les mensonges n'a rien d'exceptionnel ou d'énigmatique. C'est manifestement que la douceur et la beauté, les vraies, celles dont Dostoïevski dit qu'elles sauveront le monde, étaient bien plus fortes que toute cette fange qui est devenue depuis bien longtemps le quotidien télévisuel inamovible que l'on vous vend telles des fleurs pestilentielles : en bouquet.

Voyez ces hommes bleus planant au milieu des livres, regardez-les s'en aller dans une douceur aérienne maladroite, flotter à la dérive sur la lande inamicale aux mille remords littéraires dévastés. Et ces chapeaux. Ces feutres sombres. Ces couvre-chefs en sacs à regrets pleins à ras-bord de l'amertume moissonnée par les hommes. Au soir de leur vie ils pleurent en silence des larmes dorées au goût des jours d'enfance. Toute la tristesse contenue d'une vie déchirée par les compromis. Une vie passée si vite, bien trop vite. Passée à faire semblant d'être plus fort que le voisin sur les mélodies entraînantes et désossées d'un Italien génial. Ouvrez grand les yeux et voyez les hommes flottants qui passent sur nos vies.

Moi je les ai vus, grâce à Jean-Michel. Il ne me les a pas montrés, il me les a donnés à voir.

Dans un présent à l'horizon incertain, sa belle grammaire graphique aura tout bousculé dans un grand éclair bleu aux accents orangés. Sur cette colline animée, couronnée de cette typographie blanche, un peu maladroitement dessinée au regard des canons en vigueur, j'ai pu lire la question essentielle qu'il n'est jamais trop déplacé de se poser quand on ambitionne de passer, si modestement soit-il, sa vie face à une feuille de papier vierge : « *Qu'aurons-nous vécu ?* »

Après cette épiphanie visuelle tout va aller en s'accélérant à une vitesse exponentielle.

Le grand barnum médiatico-éditorial va se mettre en route à marche forcée. Avec ses hordes de larbins et autres collabos de la modernité à l'affût de la bonne affaire, de la grande idée, de la nouvelle tendance qu'elle soit littéraire ou visuelle. Pourvu qu'elle soit profitable.

Le livre va faire son entrée triomphale sur le petit écran et y acquérir ses lettres de noblesse médiatique en même temps que cette autre maquerelle revendiquée, la publicité. Un journaliste au faciès poupin et au timbre avenant, unanimement autoproclamé grand lecteur, va s'ériger en grand manitou incontournable des lettres françaises, garantissant aux auteurs invités à son émission un succès pratiquement automatique.

Des libraires naïvement prévenants vont dresser des tables recensant les ouvrages présentés en amont dans la boîte magique que des citoyens, forcément de leur temps, vont s'empresser d'acheter. Fatalement assurés de leur goût face à ce choix préétabli. Une grande enseigne va émerger du lot s'auto-labélisant agitateur culturel patenté avec pour objectif clairement affiché de rafler la mise, afin que la boucle du nouveau business soit bouclée par les nouveaux maîtres économiques du monde culturel, évidemment équipés des outils marketing adéquats. Cette mer culturelle aux relents passablement glauques aurait rapidement viré d'agitée à très agitée si par bonheur Jérôme Lindon et son idée de loi sur le prix unique du livre ne s'étaient invités dans la houle. Oui, il est permis de l'affirmer sans conteste, sans Monsieur Jérôme pas de projet de loi sur le prix du livre unique qui s'est vu, pour des raisons politiques évidentes, une fois devenu un texte dûment voté, affublé du nom du ministre de la culture de l'époque. Un grand Monsieur que ce Monsieur

Jérôme. Un regard aiguisé, qui lui a permis de voir venir de loin le pseudo-passionné de littérature : la paire de lunettes taquinant négligemment la lèvre inférieure ou se posant avec une élégance toute désinvolte sur le sommet du crâne pour se donner un petit air d'instituteur provincial plein d'autorité engageante. Le genre à vous balancer sa petite dictée, façon Mérimée, les ors Second Empire en moins bien entendu. Mais avec une foule de Metternich de pacotille et des impératrices de l'orthographe en groupies idolâtres comme public.

Déjà la distraction massive pointait son petit bout de cancer dans une émission médiatique d'un concept presque parfait. Divertissante tout en refusant de se prétendre élitiste. Généraliste à souhait avec ses petits coups de projecteur sur un thème bien particulier de temps à autre. Et puis çà et là, un petit parfum d'esclandre, Charles Bukowski qui se déchire en direct devant cinquante millions d'aspirants poètes ; le premier oxymore télévisuel de la culture réalité. Pire, le moment précis où, dans notre histoire, tout s'est mis en place pour que le lecteur se métamorphose en client. Sans ce grand Monsieur qui avait anticipé toutes ces manigances le désert aurait encore plus progressé dans nos campagnes remplies de grands espaces culturels mais vides de librairies. Il est le seul à avoir compris la nécessité d'entrer en résistance pour cet objet pas comme un autre menacé de toutes parts. Ce simple volume de papier noirci d'encre d'imprimerie qui nous offre un monde à rêver.

Résistance. Le mot est bien choisi pour évoquer une maison d'édition fondée en plein conflit mondial et baptisée au mitan de la nuit. Des hommes résistent en portant des valises d'explosifs ou d'armes. D'autres les remplissent de livres.

Qui aujourd'hui sait encore l'importance d'un homme entré en résistance pour que les autres puissent seulement avoir plus librement accès au livre tout en faisant son simple métier d'éditeur ? C'est grâce à des hommes de la trempe de celui-ci que nous pouvons encore franchir le seuil de commerces qui ne soient pas formatés en grandes surfaces de la culture à la botte d'investisseurs uniquement soucieux de marges bénéficiaires. Sans lui et les quelques politiques qui ont eu l'intelligence de comprendre son engagement à l'époque, combien de catalogues, le sien y compris, auraient disparu de notre paysage ?

Quand en l'espace d'un an l'académie de Stockholm donne son prix à Claude Simon et les héritiers de Jules et Edmond le leur à Marguerite Duras c'est la persistance d'un éditeur hors pair qu'ils consacrent. Un homme qui n'a pas peur de ramener la situation à sa dimension économique en se déclarant heureux de pouvoir payer les dettes cumulées des vingt années passées et de remettre le couvert pour les vingt à venir. Ça vaut bien toutes les vaticinations littéraires rive gauche, non, une telle dimension réaliste dans l'humilité ? Les types comme Monsieur Jérôme ne devraient jamais mourir. Ou alors beaucoup plus tard que les autres. Sur dérogation spéciale, très vieux, très très vieux.

Mais me voilà de retour dans le salon de ma grand-mère où je viens moins souvent ces derniers temps voir les hommes bleus de Jean-Michel.

Les amours bien sûr. Il n'est tout simplement pas concevable dans les années soixante-dix de potacher en classe terminale sans être amoureux. Mais bien plus fort que les hormones et le cœur il y a l'Amérique. Une obsession qui depuis tant d'années me tend les bras. Son puissant appareil d'exportation culturelle m'a accordé une bourse d'études d'un an dans un de ses lycées. Je suis loin d'imaginer que je vais y découvrir très concrètement la confirmation de cette passion dont je ferai ma vie et mon métier mais aussi y faire la connaissance de l'homme qui, peut-être, était l'un des meilleurs amis de Jean-Michel, celui qui lui a certainement raconté l'histoire de l'aveugle du pont de Brooklyn : Milton Glaser.

Milton

C'est Milton j'en suis certain qui a raconté l'histoire de l'aveugle du pont de Brooklyn à Jean-Michel. Je suis très conscient d'affirmer cela sans aucune preuve, je n'ai pas souvenir d'avoir lu quoi que ce soit qui puisse confirmer mes propos et pourtant j'en ai la certitude. Je n'ai pas fait l'effort de rechercher l'enregistrement de l'émission radiophonique de l'époque. Peut-être Jean-Michel a-t-il mentionné Milton cette nuit-là ? Il n'y aurait rien d'étonnant à cela car les deux hommes se connaissaient bien pour s'être côtoyés professionnellement dans la plus grande ville du monde qui, chacun le sait, est un village.

De plus, parmi les ouvrages de référence consacrés à Milton occupant une place de choix dans nos bibliothèques, au moins deux sont préfacés par Jean-Michel. C'est dire l'étroitesse des liens.

En fait, ce récit ne serait pas né sans la rencontre d'une jeune stagiaire en communication à laquelle je m'étais proposé de le raconter lors d'une manifestation professionnelle. À mesure que je déroulais rapidement le fil de mon histoire je me suis trouvé absolument effaré devant la méconnaissance totale qu'affichait mon auditrice des personnages de ce récit. Leurs noms, leurs travaux, leurs places respectives dans notre mémoire. Rien. Le grand vide. Un peu plus de trente années pour sombrer dans les limbes. Jean-Michel Folon ? Non, désolée. Milton qui ? Sincèrement je ne vois pas. Vraiment ? Non, désolée.

Il s'avérait urgent de trouver un argument fort face à ce déni de mémoire que constitue pour moi l'oubli dans lequel se trouvent plongés les personnalités et les travaux d'êtres pour lesquels j'ai une admiration professionnelle sans limites. Comment peut-on ignorer qui est Milton alors que la place même où nous nous trouvons grouille d'œuvres de Milton ? En surreprésentation marketing identifiable pour parler comme un enseignant d'aujourd'hui. Oui, là, sur cette place en plein centre de la capitale alsacienne où, sous un soleil de juin à son zénith, nous dissertons aimablement, je me fais fort de lui montrer au moins cinq, si ce n'est dix travaux de Milton. Non ?

Tenez, là, cette jeune femme en petit dessus blanc imprimé qui s'avance et ce quadra en noir qui s'éloigne sur notre gauche. Sans oublier les dizaines de tasses sérigraphiées en vente sur les étals des magasins de souvenirs et bien ça mademoiselle c'est Milton. Moue d'étonnement. Blanc. Un ange graphique passe, l'envergure de ses ailes doit bien couvrir à vue d'œil la distance Strasbourg-New York, non ? Retour. Ah, ça, ce truc-là ! Eh oui, mademoiselle, ce *foutu truc*.

Nous voilà repartis dans les années soixante-dix, une nouvelle fois dans la plus grande ville du monde.

En ce début de décennie, l'image dont jouit la grosse pomme tant dans l'imaginaire de ses habitants que dans celui des citoyens des autres grandes villes américaines ou même du reste du monde n'a pas la clarté épanouie d'une fleur fraîchement éclose dans la rosée matinale. Nous sommes loin des années tolérance zéro qui bientôt forgeront sa nouvelle réputation. Pour être honnête, son capital sympathie est fortement à la baisse. Insécurité diurne et nocturne, corruption généralisée des élites et débauche sont des termes qui reviennent fréquemment dans les conversations quotidiennes ou les articles de presse de ces années-là. Mais pour nous, futurs communicants visuels, apprentis graphistes, illustrateurs, typographes, iconophages actifs en tous genres au sein de l'Église de la fraternité universelle des faiseurs d'images, c'est la Terre sainte. La Jérusalem graphique. La Mecque de l'image. L'endroit sur Terre d'où le vent souffle sur tout ce qui se peint, se dessine, se typographie et se crée visuellement jusqu'à la déchirure.

Aussi, lorsque j'atterris dans la cité des anges, ce fameux jour d'août 1974, pour passer un an à étudier en immersion totale avec de jeunes lycéens américains, il me faut très peu de temps pour réaliser que ce n'est pas du tout ici que ça se passe.

Tout y est horizontal, désespérément étalé, invariablement bleu et ensoleillé, saturé de pavillons indifférenciables les uns des autres. Les mêmes chiens, des voitures toutes semblables et des piscines clonées à l'infini. Puis, en bouquet final, des cohortes de blondes jeunes et moins jeunes déambulant en tenue minimaliste, sur l'anatomie desquelles je ne peux que me retourner avec une constance interdite trahissant mon identité nationale et ma culture. Certes, la meute de chirurgiens esthétiques sans scrupules armés de leurs scalpels n'a pas encore consacré le bol mammaire surdimensionné comme étalon exhibitionniste sur l'autel aux fantasmes mille fois visité, mais il faut admettre que le spectacle est partout. Toute cette houle blonde qui tangue sur les plages et les boulevards, les centres commerciaux et les lycées, c'en est presque à faire passer Stockholm pour une ville du sud de l'Italie.

La première impression est presque toujours la plus authentiquement proche de ce qui se révèlera être la vérité. Pour sûr, ça n'est pas ici que ça se passe et comme pour ne laisser planer aucun doute, me revient la fameuse réplique du gros W.C. Pas l'homme politique prix Nobel de littérature, l'autre. W.C. Fields, l'acteur misogyne qui, abîmé devant le spectacle de ce pays d'abondance à nul autre pareil, l'avait qualifié d'endroit idéal pour *grandir et s'épanouir, à condition d'être une orange* ! Je suis à Orange County, faubourg lointain de Los Angeles et, si les jardins sont loin d'être ceux d'Hamilcar, il y règne presque la même hystérie collective que dans les premières pages du fameux ouvrage de Gustave Flaubert. Les gens sont devant les porches de leurs demeures, arrêtés sur leurs pelouses, en larmes. Ils se parlent, s'invectivent ou se taisent ébahis comme sous un effet *post-trauma*. L'homme le plus puissant du monde, l'Hannibal d'Orange County, celui dont Leonid Brejnev disait qu'il tenait le monde au creux de sa main, le trente-septième locataire de la Maison-Blanche vient de résilier le bail sans préavis. Pour sûr plus d'un Américain va maintenant hésiter avant d'acheter une voiture d'occasion à cet homme-là.

Il a démissionné la veille. Ce qui nous amène à nous avouer une sorte de suspicion sur les jeudis aux États-Unis d'Amérique. Tout porte à croire que le vieux Jupiter n'est pas vraiment tendre avec le nouvel empire. Pourtant chaque quatrième jeudi du mois de novembre ces nouveaux Romains lui sacrifient un volatile en holocauste. Curieux ce rapport récurrent d'une nation si jeune au jour de la semaine dédié au dieu le plus irascible de la Rome antique.

C'est le matin dans les faubourgs lointains de la cité des anges. Un locataire vient de s'éclipser, un autre arrive pour assurer l'intérim. Le temps qu'un planteur de cacahuètes se prépare à reprendre les rênes de l'attelage de fête pour célébrer le deux-centième anniversaire de la première puissance au monde.

Si dans le comté d'Orange, d'où était issu le locataire démissionnaire, il se pleure des rivières, du côté de la grosse pomme l'heure est plutôt aux réjouissances. Beaucoup de talents ont été conjugués pour amener pour la première fois dans l'histoire des États-Unis d'Amérique un chef de l'exécutif à renoncer à l'exercice de son pouvoir sans que la poudre ait à parler. Ce qui en soi constitue un progrès notable. Dans ma petite ville des faubourgs lointains de la cité des anges, perdu au milieu des blondes et des surfeurs au sein de ce que l'on a mis un point d'honneur à me présenter comme le plus grand lycée à l'ouest de Chicago, j'apprends à dessiner. À regarder et prendre conscience de la genèse d'une image qu'elle soit dessinée, peinte, photographiée ou animée.

Ma passion pour les images de cinéma a ridiculement fondu. Et dire que peu de temps auparavant je rêvais de cette année comme d'un pèlerinage en Terre sainte. Il faut avouer que mes nouveaux amis et condisciples ont sensiblement calmé les fantasmes de mes nuits blanches, en m'aidant à reconsidérer sérieusement les prétentions de mon plan de carrière à la baisse.

Aux portes de la grande fabrique de rêves, la concurrence est d'une rudesse cannibale entre ceux qui ont grandi à l'ombre de l'usine aux trois syllabes mythiques du bois sanctifié. Ils savent parfaitement pour être nés près d'elle que la lumière sacerdotale ne viendra nimber que peu d'entre eux de son or précieux. Ce que je pressens déjà en leur compagnie me sera tristement confirmé des années plus tard.

Là, sur l'écran perlé d'une salle sombre strasbourgeoise. Au détour d'une scène de transition d'un divertissement dont l'intérêt essentiel était de mettre en scène Raquel Welch vêtue d'une blouse dont les boutons et les coutures menaçaient de craquer à tout moment. Figurant en arrière-plan quelques secondes dans le champ de la caméra, la jeune fille brune qui m'aidait alors à perfectionner la pratique de l'idiome local et à trouver le temps moins long loin de ma blonde restée dans la capitale des ducs de Lorraine. Panique contenue, sensation d'abîme, cruauté du temps.

Dix ans à courir les bouts d'essai à des cadences stakhanovistes pour atterrir en figurante à moitié floue dans ce qui ne restera pas dans les mémoires comme le meilleur film de Joe Dante. Elle si rayonnante sur scène au lycée, alors que Michelle, notre condisciple discrète d'alors, s'affiche radieuse et solaire sur tous les écrans de la planète en compagnie des plus grandes étoiles masculines. Michelle Pfeiffer qu'il me semble ne pas avoir vue une seule fois à une quelconque répétition ou aux détours des couloirs d'art dramatique de notre lycée, trop occupée qu'elle était, dès la fin de période quotidienne de présence obligatoire, à se ruer en compagnie de ses copains surfeurs à l'assaut des plus belles vagues sur ces plages étincelantes du sud californien.

Certes, me direz-vous, mais à quoi bon ce bavardage nostalgique, que l'on pourrait à juste titre trouver déplacé, sur la cité des anges alors que le centre d'intérêt de notre histoire est sans conteste bien plus à l'est ? C'est qu'il est des histoires faites de plusieurs histoires. Leurs fils respectifs vont s'effilochant comme mis en abyme, à la manière inattendue du fameux dessin de Benjamin Rabier ornant les boîtes de fromage cuit. Celle-ci en est une. Aussi, plus j'avance dans ma narration, plus elles me semblent imbriquées les unes dans les autres. Façon poupées russes mâtinées de vache qui rit, à l'image d'un puzzle un peu bizarre dont le rendu final donnerait un visuel différent suivant l'agencement tout à fait anarchique des multiples pièces. Retour à New York.

New York est si haute qu'il est possible de la voir de très loin. Elle est faite de temps vertical. Je le sais, j'ai passé un an à la regarder à plus de quatre mille kilomètres de distance. Depuis les salles de classe lumineuses d'un lycée californien aux murs recouverts des affiches de recrutement d'établissements de communication visuelle aux noms prestigieux dont mes enseignants affirmaient sans sourciller qu'ils étaient les meilleurs de ce pays. Ce qui en traduction dans l'idiome local signifie bien sûr les meilleurs du monde. Force m'était de constater que presqu'à chacun de mes enthousiasmes graphiques, son auteur avait fréquenté l'un de ces établissements. La liste de mes découvertes quotidiennes serait bien longue à énumérer, mais un nom revenait souvent au détour des ouvrages professionnels et des conversations, celui de Milton Glaser.

Nous y voilà enfin. La raison essentielle de tous ces détours dans ma narration pour en arriver à Milton c'est cette grande frustration de n'avoir pu raconter tout ce cheminement à la jeune stagiaire de Strasbourg, où plus de trente années plus tard je veux lui démontrer la modernité intemporelle de la création la plus célèbre du plus grand designer graphique de ces années-là. Tout en lui apportant les preuves visuelles de ce que j'avance, je l'entraîne à nouveau au milieu des années 70, puisque c'est précisément à cette époque, comme il l'a dit lui-même, que Milton a créé «*le foutu truc*». Il y a pléthore d'interprétations et les noms les plus divers circulent sur l'origine de cette idée quant à savoir qui, à quel moment, a sollicité qui d'autre et en vue de quoi.

Ce qui tient lieu de fait avéré c'est qu'à un moment donné, que ce soit le bureau du maire, la chambre de commerce de la ville ou encore, et ceci est une parmi les thèses les plus avancées, l'intervention de la femme la mieux payée de toute l'histoire de la communication moderne, à un moment donné quelqu'un a consulté Milton ceci dans le but de revaloriser l'image de la plus grande ville du monde qui en avait bien besoin tant aux yeux de ses habitants qu'à ceux de tous les citoyens des États-Unis d'Amérique.

Pourtant l'ensemble des forces créatrices locales avaient déjà donné du leur. Il y avait un petit film promotionnel assez réussi qui circulait sur la plupart des réseaux nationaux à heure de grande audience télévisuelle. Il mettait en scène différentes personnalités de la vie politique culturelle et médiatique américaine vantant à tour de rôle leur passion inconditionnelle de New York. Avec, entre autres, l'horrible docteur K. déclarant son amour des différents accents de la ville, la fille de Judy Garland et Vincente Minnelli, ou Frank Sinatra, fan absolu des nuits de la grande ville.

De belles initiatives somme toute. Du vrai attentisme professionnel, avec retombées mesurables, indices de satisfaction au pinacle et *tutti quanti*. Mais il manquait l'essentiel. La poutre maîtresse. Le fil rouge récurrent. L'os magique sur lequel tous les marchands du temple allaient se jeter pour le cloner à l'infini et le donner à ronger aux millions de touristes du monde entier. Cet os-là, le père Milton allait fouiller dans sa besace aux trésors et l'en extirper d'un petit coup de baguette magique graphique.

Il est rentré à sa base logistique puis est rapidement revenu avec son arme de communication massive. La neuvième lettre de l'alphabet latin capitale, police de caractère dite machine à écrire américaine en impression noir. Suivie du dessin d'un cœur aux deux alvéoles parfaitement symétriques en aplat rouge puis à la ligne les deux initiales en capitales de la plus grande ville du monde dans la même police de caractère. Rideau.

Le foutu truc était lancé. Dieu n'était pas mort comme l'avait annoncé Hegel. Non, Dieu ce jour-là était une impression pantone deux couleurs et Milton son prophète.

La stagiaire n'en revient pas. Un rapide tour d'horizon visuel de la place vient de nous permettre d'identifier une bonne douzaine de déclinaisons locales et internationales de la création visuelle de Milton. Inutile d'en rajouter, mon public est convaincu. Et seul un New-Yorkais pouvait trouver un truc aussi énorme. Et seul le type capable d'accoucher d'une telle idée a pu raconter l'histoire de l'aveugle du pont de Brooklyn à Jean-Michel. J'ajoute pourtant que ni les médias, ni les enseignants en arts graphiques, ni les artistes ne rendent à

Milton ce qui appartient à Milton. Et surtout, j'invoque cette quasi-cécité qui va nous gangrenant. Nous, si nombreux, que j'accuse de ne plus oser voir ni savoir regarder. D'autant plus impardonnables que nous sommes entourés de marchands de lunettes plus nombreux chaque jour. C'est à croire que nous vivons au pays des aveugles.

Le pays des aveugles

Je vis au pays des aveugles depuis plus de trente ans. Sur la carte de France c'est la petite région qui se tient à l'extrême droite ou plutôt pour rester politiquement correct tout à fait à l'est géographique de notre pays. C'est la seule région de France, à ma connaissance, dont la sainte patronne soit une aveugle. Je me demande d'ailleurs si les autres régions de France en ont une ? Elle est fêtée le quatorzième jour du douzième mois de l'année. La veille on fête la lumière. Je l'affirme face à certains exégètes des bouleversements temporels liés aux particularismes des calendriers juliens et grégoriens qui prétendent que tout cela est faux, décalé, déplacé, sans plus grande raison d'être. Pour ce qui me concerne j'accorde plus volontiers crédit aux amalgames de légendes dorées et autres récits obscurs qui ont survécu jusqu'à nos jours qu'aux démonstrations sèches et froides d'universitaires brillants qui ont trop étudié les choses, comme le dit Charles Cros, alors que la vie marche d'un pas normal. Aussi ai-je depuis longtemps fait mienne cette réplique d'un des plus beaux westerns du vieux John Ford qui lui aussi préférait que l'on imprime la légende pour peu qu'elle dépasse la réalité.

Magnifiquement campée en statue sur son monastère, la sainte patronne abbesse, à qui le baptême, dit-on, a rendu la vue, domine la plaine d'Alsace sur laquelle elle étend sa bénédiction de la main droite alors que la main gauche offre aux regards un livre sur les pages duquel sont gravés dans la pierre deux yeux grands ouverts.

La charge vibratoire du lieu est indéniable au visiteur anonyme. Il offre une démonstration parfaite de la cohabitation réussie entre un monument sanctifié arborant sa foi avec fierté et un paysage grandiose aux relents païens. L'ensemble, grâce au sens inné du marketing de quelques fidèles zélés, s'est transformé en une des destinations de divertissement cultuel les plus fréquentées et les plus rentables du paysage touristique français.

À peu de distance de ce mont se trouve le village où je vis. Tous les villages alsaciens ont la particularité d'avoir un sobriquet dont la traduction en français s'avère souvent d'une saveur inattendue. Celui de mon village laisse entendre qu'aucun diable ne voudrait y vivre. Caricaturant ainsi l'extrême religiosité de ses habitants qu'atteste un nombre élevé de lieux de cultes pour si peu d'âmes. Mais il est surtout connu pour être le village des aveugles car une congrégation religieuse y a depuis plus d'un siècle créé une institution spécialisée dans l'accueil de résidents ayant perdu la vue. Aujourd'hui l'accueil s'est élargi à ceux d'entre eux qui sont aussi affligés d'autres handicaps, physiques ou mentaux. Cela rend songeur quant au peu de vertu des traditionnelles bonnes fées qui ne se penchent pas du tout sur certains berceaux à la naissance.

J'habite dans la rue où cet institut spécialisé a son entrée de service. Tout au fond de l'impasse, la dernière maison sur la droite. Ces aveugles sont mes plus proches voisins. Ils sont mon quotidien, mes repères dans le temps morcelé d'une journée alors qu'occupé à écrire ou dessiner ces images de lumière qui ont fait l'essentiel de ma petite renommée locale, je les vois déambuler de leur pas hésitant, balayant l'air de leur canne blanche pour appréhender l'obstacle. Concentrés à l'extrême dans leur cheminement du réfectoire au centre d'aide par le travail en passant par les petites maisons à l'autre extrémité de la rue où vivent les plus autonomes d'entre eux. À leur contact j'ai découvert la prévenance. Le crayon qu'il faut poser de toute urgence pour aller repositionner l'un d'entre eux, désorienté par une volée de cloches soudaine ou l'agressivité vrombissante d'une débroussailleuse surgissant dans le paysage sonore. Le portail mal fermé qui offre son tranchant ou la bicyclette qui traîne. Sans oublier, le pire d'entre tous : le coffre arrière de l'auto mal garée, scélératement laissé ouvert à hauteur de visage, absolument indétectable du bout de la canne blanche.

Je suis le seul de la rue, peut-être du village, à ne jamais rentrer ma poubelle car elle est devenue pour eux un repère sur leur parcours quotidien dans l'obscurité semée d'embûches. Je les vois dans leur ballet incessant passer devant ma table en parlant de leurs soucis et de leurs joies simples et devenir si nerveux les soirs d'orage. Je les vois, eux ne font que m'entendre ou deviner ma présence. Mais un fait est avéré : chaque fin d'hiver ils me ramènent de mon petit village alsacien dont la traduction de l'allemand signifie « tranquille » à l'entrée grouillante du pont de Brooklyn.

L'aveugle du pont de Brooklyn

Tout le monde a compris que ça se passe à Brooklyn, quartier de New York.

Cela se passe à Brooklyn, en face de Manhattan, près de l'eau. New York est entourée d'eau, traversée d'une multitude de bras de rivière et de mer. Une terre morcelée d'îles aux noms improbables et exotiques qui ont été et restent autant d'îles au trésor, îles du diable ou du docteur Moreau. La rivière près de laquelle nous sommes est à l'est puisque c'est le nom qu'elle porte en anglais. Un gros bras de rivière de l'est qui sépare le quartier de Manhattan de celui de Brooklyn.

Depuis le début des années 1890, les deux célèbres quartiers ne sont plus séparés par la violence sécessioniste des flots de la rivière de l'est. Un gigantesque ouvrage de génie civil les a définitivement réunis. Un chantier de quatorze années comme seul le cerveau d'un ingénieur allemand émigré fier de son appartenance à ce nouveau monde pouvait en concevoir. Une œuvre que seule une jeune nation, tout juste sortie de la première boucherie fratricide de l'ère moderne, et pressée d'entrer dans la légende en cassant la gueule à ses aînées, pouvait oser réaliser. La démonstration orgueilleuse que de ce côté-ci de l'Atlantique, ce qui nous unit sera toujours plus fort que ce qui nous sépare. Jeté avec une arrogance méprisante par-dessus l'East River enfin domptée, un pont. Le pont de Brooklyn.

Après cela il ne manquera plus qu'un monument un peu symbolique au milieu de l'eau. Un peu plus sur la gauche ou sur la droite selon l'angle d'arrivée, pour que la grande représentation de l'opéra fabuleux du rêve américain soit campée. Mais à cette époque, le colmarien Bartholdi, bien qu'il ait visité le chantier ainsi que certains documents semblent l'attester, n'a pas encore mis la touche finale à son œuvre la plus célèbre. Pour quelques années encore le dernier Apache en liberté court la plaine de ses ancêtres, sa plaine. Lui, *« le pauvre, l'exténué, avec son peuple en rang serré, n'aspirant qu'à vivre libre. »* Oui, quelle douleur quand l'ironie du calendrier fera coïncider, la même année, l'édification de cette statue, à la charge symbolique si particulière, avec la capture du dernier Indien rebelle sur le sol américain. Mais ne nous égarons pas, revenons à notre pont. Mille huit cent vingt-cinq mètres d'acier et de pierre mêlés jetés sur l'East River pour relier Manhattan à Brooklyn. Plus qu'une œuvre d'art, un défi lancé aux dieux. Un chantier capable d'accueillir sans sourciller sur son tablier vingt et un éléphants en goguette avec toute la famille Barnum au grand complet pour un pique-nique publicitaire inoubliable. C'est ce jour-là que le monde, l'autre, est devenu vieux. Celui dont ils venaient tous, ceux dont le nom sera bientôt gravé sur le socle de la statue, ce fameux « nouveau colosse » de la mythologie d'un nouvel empire. Pas les Indiens, bien sûr, ni les rebelles. Seulement tous les laissés-pour-compte partis sans une pièce d'étoffe dans le sac à regrets avec juste l'espoir d'un monde à gagner.

Il n'y a rien de pire pour un monde que de vieillir. Devenir vieux de ses ouvrages dépassés. Vieux de ses fastes surannés.

Vieux de ses ponts. Vieux d'être monde. Ce jour est celui où la puissance de la nouvelle Rome a défilé dans le luxe babylonien éblouissant de pacotille et l'arrogance démesurée de Carthage. Le jour où New York a accouché du pont de Brooklyn. Voilà pour le lieu de l'histoire.

C'est la fin de l'hiver et celui-là, bien qu'il n'ait pas été particulièrement rude en termes de moyenne saisonnière, va rester malgré tout dans les mémoires. Il faut bien avouer qu'il n'est pas donné à tous les hivers de suivre un mois d'octobre mille neuf cent vingt-neuf et son tristement célèbre vingt-quatrième jour, un jeudi si noir. Encore ce jour de Jupiter. Le nom du locataire de la Maison-Blanche de l'époque s'est perdu dans les livres d'histoire, il nous sera donc pardonné d'aller l'en extraire : Herbert Clark Hoover. Il est un peu comme son prédécesseur, il n'a rien vu venir. C'est l'hiver et il continue de s'adresser aux Américains sur le bon vieux ton paternaliste indémodable promettant une sortie du tunnel en des accents si outrageusement sincères qu'il en est émouvant. Les quatre années qui s'annoncent ne seront pas faciles, les documents laissés en héritage en attestent. Il faudra attendre l'arrivée d'un nouveau locataire qui, lui, ne fera pas dans le détail rhétorique avec sa fameuse nouvelle donne. Un programme sur mesure dont près de quatre-vingt ans plus tard le quarante-quatrième locataire essaicra bien de reprendre l'esprit et les accents mais avec moins de latitude dans la manœuvre. Pour l'instant il fait aussi froid à New York qu'à Washington et les citoyens de la plus grande ville du monde dans le futur plus grand pays du monde sont pour beaucoup d'entre eux si occupés à gérer la survie de leur quotidien qu'ils ont déjà oublié le premier d'entre eux.

Leurs arrières petits-enfants ne leur en tiendront pas rigueur. Ils l'ont définitivement enterré dans les salles obscures de sombres bibliothèques attenantes à des musées poussiéreux dédiés, prestige institutionnel oblige, à la mémoire de chacun des locataires de la maison la plus célèbre du district de Columbia. Il faut excuser la mémoire des peuples et leur ingratitude envers ceux de leurs grands hommes suivis ou précédés par de plus amples, plus brillants, plus grands qu'eux. L'important est que mon propos ait pu susciter en vous une sorte d'empathie pour un peuple capable de louer certains de ses grands hommes plus que d'autres. Que vous puissiez mieux comprendre l'agitation nerveuse des New-Yorkais, leur empressement volontaire à aller de l'avant dans cet hiver finissant. Leur entêtement pressé d'oublier un Hoover et ses promesses confuses d'un autre âge pour bientôt s'asseoir à la table de jeu avec Roosevelt, l'homme qui va distribuer les cartes comme personne pendant les douze prochaines années. Quatre mandats successifs au terme desquels une nation faite de mélanges ethniques et de paradoxes immigrés à nuls autres pareils, une ogresse schizophrène à l'appétit insatiable déjà en lutte avec sa barbarie naissante accédera enfin à la plus haute marche du podium. C'est bien vers ce futur-là que courent nerveusement tous ces New-Yorkais. Affamés de prendre leur revanche, piaffant d'impatience à la perspective d'entrer enfin à leur tour dans l'Histoire qui, comme nous l'a magistralement enseigné Nietzsche, ne passe jamais deux fois par le même peuple.

À celui qui pourrait douter de ce grouillement nerveux il suffirait de s'élever jusqu'au faîte d'un des nombreux et puissants pylônes de pierre au travers desquels sont tendus ces immenses câbles d'acier dont le diamètre excède celui de la cuisse d'un athlète olympique. Du haut des quatre-vingt-quatre mètres des deux arches néo-gothiques ils soutiennent le tablier sur lequel s'en va la marée nerveuse des véhicules automobiles ou hippomobiles et des piétons mêlés. Le sinistre jeudi n'est pas si loin. La vie, malgré tout souveraine, déverse dans les artères ses cohortes de laissés-pour-compte de l'Histoire et de victimes collatérales du grand jeu capitaliste. Déjà. Le temps des grands destins brisés et des financiers aux desseins visionnaires ruinés en un jour est révolu. Les spécialistes du grand saut dans le vide ne viennent plus s'échouer en frac de soie sur le trottoir aux mille rêves fracassés. La misère en chapeau haut de forme et robe de soirée ne s'abat plus du haut des derniers étages des temples de la finance. Elle erre maintenant en casquette et bleu de travail à la surface. Elle grouille dans son horizontalité, répand son tumulte d'êtres humains paniqués en quête de ce prédateur rare de la précarité : le travail.

La foule augmente en densité dans le delta de rues convergeant vers l'entrée du pont de ce côté-ci à Brooklyn. Au beau milieu de cette masse humaine agitée une silhouette émerge. C'est assez étrange et presque inattendu cette stature d'homme plus haute que la normale, ces épaules larges, cette démarche pesante, ample et retenue au sein de cette agitation. Ce manteau bleu cobalt foncé, ce chapeau qui tombe bien droit sur les oreilles, c'est comme un déjà-vu, ça ressemble presque à un dessin de Jean-Michel ! C'est lui qui nous intéresse à n'en pas douter. Sa démarche calme est imperturbable, toute sa personne dénote. Est-il un volatile qui marcherait maladroitement ou un humain qui aurait des ailes discrètes ? Soudain il s'arrête près de l'entrée droite. Du côté réservé aux piétons. Au niveau du poste de contrôle et de sécurité, un peu à l'abri du vent qui s'est levé depuis peu. Un de ces petits zéphyrs de fin d'hiver sec et virevoltant qui s'en donne à cœur joie sur le boulevard gigantesque qu'offre le tablier du pont de Brooklyn. À présent, son immobilité attire un peu plus l'attention. La masse imposante de sa personne masque l'objet de son arrêt. Aussi nous faut-il nous rapprocher en nous décalant légèrement pour en voir plus ; il fait face à un mendiant vers lequel il se penche pour échanger quelques mots. Au beau milieu de cette marée humaine incessante, deux hommes face à face. Debout, le nanti. Assis, le déchu. Et cette foule. La masse de cette foule. J'ai bien peur de ne pouvoir, même en imagination, avancer le nombre approximatif de personnes empruntant quotidiennement ce pont ces années-là. Des milliers et des milliers. Plus. Beaucoup plus.

Mais un fait semble avéré pour autant. Bien peu de personnes me paraissent remarquer ce mendiant-là et, parmi ces rares humains, le pourcentage de ceux qui vont jusqu'à lui faire l'aumône doit être, sinon faible, ridiculement insignifiant. Mais enfin il est là ce mendiant, dans toute sa discrétion, son oubli de lui-même. Il pourrait avoir une clochette au timbre dissonant et la faire tinter ainsi que le font ses collègues prédicateurs de l'Armée du Salut. Non. Il se tient juste là, immobile. Assez inconfortablement assis semble-t-il, les jambes recroquevillées sous un siège de fortune qu'un patchwork faisant office de couverture rapiécée protège maladroitement. Le regard vide et perdu levé vers l'homme en bleu. Il tient entre ses mains protégées de mitaines effilochées le seul accessoire autre que le petit quart en fer blanc posé devant lui qui lui sert de sébile : une ardoise d'écolier, grand modèle, sur laquelle sont tracées maladroitement à la craie blanche les quelques lettres résumant l'objet de sa grande détresse : *blind man* ; aveugle.

Le voilà, enfin. C'est lui. Le point de convergence de toutes ces histoires. L'aveugle du pont de Brooklyn. Il écoute dans le vide de sa nuit cet homme en bleu qui s'adresse à lui. Il prête l'oreille de trois quarts face dans un effort de concentration intense mêlée d'hésitation que son visage trahit tout entier.

C'est une représentation à la mise en scène totalement décalée. L'homme bien mis, dominant, qui, dans un effort évident se penche vers le faible, le précaire, le démuni et semble lui quémander une faveur. Il lui parle bas. Quelle peut bien être la nature de cette requête pour que tant d'incompréhension se lise soudain sur le visage du mendiant aveugle ? C'est simple, quoiqu'inattendu. L'homme en bleu lui demande avec insistance l'autorisation d'écrire quelque chose sur son ardoise à la place des quelques lettres décrivant l'infortune de son infirmité. L'homme en bleu négocie âprement. Il s'excuse, redouble de prévenance. Justifie la nature particulière de sa demande. Donne des garanties. Il n'est ni un farceur, ni un pervers ni même l'un de ces tocards nantis voulant se donner bonne conscience l'espace d'un instant. Non. Il n'est qu'un homme qui aimerait faire quelque chose pour un autre homme. Simple, banal, inattendu. Humain. Quelques mots. Il aimerait juste écrire quelques mots sur son ardoise grand modèle, quelques mots tout spécialement pour lui. Il faut croire qu'il sait être persuasif l'homme en bleu car après quelques échanges suivis d'un silence trahissant son étonnement autant que sa résignation, l'aveugle accepte. Il tend en tâtonnant un bâtonnet de craie blanche à l'homme en bleu qui l'en remercie puis met un genou à terre, efface le texte existant en un geste calme et élégant à l'aide de la manche de son manteau bleu et s'applique à tracer quelques mots sur l'ardoise d'écolier grand modèle. Il dépose le bâtonnet de craie blanche, se relève puis, après avoir pris congé, s'en retourne et disparaît anonyme dans la foule.

Ici, il me faut ouvrir une dernière parenthèse, pour rendre à Jean-Michel ce qui est à Jean-Michel. Car après tout, l'histoire de l'aveugle du pont de Brooklyn, c'est son histoire, et je dois avouer que ce n'est pas tout à fait comme ça qu'il l'a racontée, enfin, dans ce qui constitue l'essentiel de mon souvenir. Cette nuit-là, il a rapidement mis en place les lieux, temps et différentes forces en présence pour arriver le plus vite possible à l'aveugle et à l'homme qui vint changer le texte sur l'ardoise puis de ce qui en résulta pour l'aveugle. J'avoue que l'homme en bleu est une invention, mais c'est une invention forcément nécessaire, car enfin l'homme en bleu c'est Jean-Michel, avant même qu'il n'existe. Pour sûr c'est bien lui. Mais c'est aussi vous qui écrivez des vers, des nouvelles, des lettres d'amour, des romans. C'est chacun d'entre nous. Surtout nous les dessinateurs occupés à traficoter nos métiers mille fois ressurgis d'une enfance insouciante, avec en ligne de mire une retraite que l'on ne sonnera jamais. Jamais entendez-vous. Jamais. Re-merde, la garde meurt mais ne se rend toujours pas. Il faut bien en parler de nos métiers, de ces existences que l'on nous envie tant dans l'autre monde, celui du vrai travail. Celui des évaluations, des performances des hiérarchies. Celui où l'on vous infantilise jusqu'à vous donner l'envie de ne plus vivre. Celui des hommes et des femmes qui n'ont pas eu la chance, comme nous, en choisissant de ne faire que ce qu'ils aiment, de ne pas travailler un seul jour de leur trop longue vie.

Sur le pont de Brooklyn, l'homme en bleu à peine emporté par la foule, comme le chante Édith Piaf, la sébile se met à tinter. Il a du mal à en croire les sens qui lui restent intacts notre Homère de Brooklyn. Le quart de fer blanc muet depuis l'aube vient de faire entendre sa musique d'aumône prodigue et l'ouïe de l'aveugle demande aux doigts gourds de bien vouloir aller vérifier. Cette mélodie-là vaut au bas mot vingt-cinq cents, ce qui par les temps qui courent est tout bonnement incroyable. Après avoir confirmé le diagnostic de ses doigts experts, l'aveugle va le garder précautionneusement au creux de sa main, ce quart de dollar. L'émotion est encore vive que la sébile tinte à nouveau. L'histoire dit que cela ne va pas s'arrêter. Cela ne va pas s'arrêter de toute la journée. *Nickels*, *dimes*, *quarters*, même des pièces de un dollar ! Un dollar de l'année mille neuf cent trente ! Il ne sait plus où donner de l'oreille, l'aveugle. Il ne sait plus quoi dire ou penser, si occupé qu'il est à collecter son aumône en bénissant cet étranger. Car il ne fait aucun doute que cet homme est bien la cause qui a produit cet effet. Pourtant dans toute cette agitation l'incompréhension le gagne à nouveau. Qu'a donc pu écrire cet homme qui puisse à ce point changer le regard que cette multitude porte sur lui ? Lui qui pourtant n'est pas plus aveugle en cet instant qu'il ne l'était hier ou ce matin ou une petite heure avant que cet homme surgi de l'inconnu ne trace un message mystérieux sur son ardoise d'écolier grand modèle. Quels mots magiques peuvent à ce point changer la perception d'une situation pourtant clairement réduite à l'essentiel dans son énoncé : *blind man* ; aveugle ?

L'attente sera longue qui apportera une réponse à l'aveugle du pont de Brooklyn. Tout le jour aucun de tous ces généreux donateurs pris dans le rythme incessant de leurs va-et-vient ne trouvera le temps de ralentir sa course pour pouvoir répondre à la question qu'il n'aurait pas manqué de leur poser sur ces quelques mots énigmatiques tracés à la craie blanche sur son ardoise d'écolier grand modèle par un inconnu. Mais la réponse viendra. Enfin.

Elle viendra au terme d'une journée sans précédent. Quand la bonne âme charitable et bénévole membre d'une congrégation religieuse comme il y en a tant dans cette ville viendra le chercher pour le ramener au sein de son modeste foyer paroissial. Quand, après avoir calmé l'excitation portée à son comble, elle chaussera ses lunettes non sans une certaine dose de curiosité bien compréhensible. Quand elle lui répondra en lisant de sa voix haut perchée et traînante de bonne catholique irlandaise.

Ces quelques mots mystérieux et inattendus tracés sobrement à la craie blanche par l'homme en bleu sur l'ardoise d'écolier grand modèle de l'aveugle du pont de Brooklyn :

« Le printemps arrive et je ne le verrai pas. »

Par ordre d'apparition :
Jean-Michel Folon, Maurice Blanchot, Victor Hugo, Douglas Fairbanks, Lewis Carroll, Ennio Morricone, Sergio Leone, Clint Eastwood, Roland Topor, Fernando Arrabal, Fedor Mikailovitch Dostoïevski, Jerôme Lindon, Prosper Mérimée, Charles Bukowski, Claude Simon, Jules et Edmond Goncourt, Marguerite Duras, Milton Glaser, W.C. Fields, Gustave Flaubert, Léonid Brejnev, Raquel Welch, Joe Dante, Michelle Pfeiffer, Benjamin Rabier, Judy Garland, Vincente Minnelli, Frank Sinatra, Georg Wilhem Friedrich Hegel, Charles Cros, John Ford, Fréderic Auguste Bartholdi, Franklin Delano Roosevelt, Friedrich Nietzsche, Édith Piaf.

L'histoire de l'aveugle du pont de Brooklyn a été rapportée en premier lieu par Roger Caillois dans *l'Art poétique* (Gallimard, 1958).

Achevé d'imprimer en septembre 2019
par Sepec Numérique à Péronnas (France)
ISBN 978-2-84574-350-2
Dépôt légal 4e trimestre 2019
Composé en Adobe Caslon Pro par le Verger Éditeur
Couverture de Vlou www.vlou.net

www.verger-editeur.fr